바람이 그린 十字架

한치종 청소년시집

대양미디어

바람이 그린 십자가

『바람이 그린 십자가』라는 제목으로 책을 엮습니다.

성경공부를 하면서 가지고 다니던 노트의 한 귀퉁이에 낙서처럼 적었던 시편을 모으다보니 180여 편이나 되었습니다.

사물을 알고부터 모든 일상이 시詩라는 것을 알면서도 그때그때 적지 못한 세월의 편린들도 적지 않다는 사실을 깨닫습니다.

욕심 없이 바라보는 세상에서 감흥과 자연과 교감할 수 있는 여유가 생긴다는 사실을 알고 있지만, 삶이 각박하여 뒤를 돌아볼 줄 모르고 살아왔습니다.

신앙생활을 하면서 거친 마음은 많이 순화시킬 수 있었지만, 아직도 불의를 보면 앞뒤 가리지 않고 덤벼드는 성격을 고치지 못하고 있습니다.

이 책도 그런 마음을 다스리는 정신적 치유책으로 가까이 지내는 작가 한 분의 소개로 시작하게 되었습니다.

'책을 내면 그때부터 발간된 책의 내용에 대한 책임감을 가지게 되고, 다음 책에는 어떤 내용을 담을까 걱정하게 되니 자연 거친 마음을 다스리게 됩니다.'

실천에 옮긴 지 얼마 되지 않았습니다.

가슴을 열고 진심을 담으려고 노력하였지만 다시 읽어 보면 허수아비의 그림자를 쫓아다닌 형국입니다.

후학들을 위해 학교를 세운 부친의 가르침을 좀 더 일찍 깨달았다면 지금은 다른 자리를 이룩하였을 텐데 성실함이 부족하여 달빛 스며드는 창가에 거미줄만 그려놓았습니다.

가끔 산에 올라 나를 돌아보는 묵상을 하다보면 바람소리로 들려오는 말씀을 듣습니다.

'아들아, 늦지 않았다. 내가 네게 준 하늘이 결코 좁지도 작지도 않으니 네 뜻대로 행하여라.'

가슴으로 울며 기쁨 충만한 하루하루를 준비합니다.

2015년 중추절을 앞둔 어느 날에
지은이 한치종

1부 봄바람 부는 언덕에서

2부 기도로 여는 아침

3부 거울 앞에 서면

제1부

봄바람 부는 언덕에서

꽃 잔디

바닥을 기며 피는 꽃 잔디
세상에서 가장 낮게
자기를 사랑하는 꽃.

지구의 한 귀퉁이
빨갛게 채워놓고
'—저는 그림자도 없어요.'
자랑하는 들꽃.

복숭아꽃 피면

하나님 곁으로 간 자매님 묻고
돌아서는 발끝에
줄 지어 꽃 들고 있는 복숭아나무.

'―슬퍼하지 마셔요.'
'―예. 주님이 유용하게 쓰실 거예요.'

꽃가지 흔들며 배웅하는 눈길
아지랑이 들길이 환하다.

꽃 진 자리

열매 기대하고 기도를 하거나
은혜와 사랑 갈구하기 위해
무릎 꿇은 것은 아니다.

내 간절한 믿음이
내 간절한 기도가
그 순간만이라도 내가 아닌
빈자의 등불로 켜지길 바라는 마음.

종소리 퍼져 온 누리에
빛으로 사라지듯
꽃 진 자리에 작은 석류하나
맺히길 소망한다.

강보에 쌓여 버려진 아기
하나님 축복으로 이 땅에 온 천사
거두는 것은
나 자신을 위한 구원救援이다.

버드나무 가지에

버드나무가지 비틀어
피리 만들어 불던 동네아이들.

버짐 핀 얼굴에 기계 충으로
머리에서는
언제나 핏물마를 날 없던 친구들.

'–난 국회의원 될 거야.'
'–난 선생님이 될 거야.'
'–난 과자공장 사장!'
'–난 팬티공장 사장'

아, 온갖 소용돌이 속에 60년이 지난 오늘
나는 선생님이 되었고
너는 제과공장 사장
그리고 내복공장의 회장이 되었구나.

어린 시절의 꿈은 도전과 의지
그게 없었다면 동진강가에서
봄이면 숭어나 낚고 있었겠지.

버드나무가지가 우리를 모이게 했고
우리의 다짐 키우게 했지.
마을 어귀 시냇가에서.

벚꽃 단상

꽃이 마음이다
하늘이다
구름이다
천사의 얼굴이다.

이처럼 많은 사람들
그냥 보기만 해도
가슴을
열게 해주는
마음의 강론이 어디 다시 있을까

웃어보세요

웃어보세요 화내지 마세요
칭찬하는 마음 사랑하는 마음
미소 지으며 웃다보면 마음 풀려요.
마음열고 만나요 웃어보세요
이세상은 하나님이 주관 하셔요.
미소 지어요 마음 열어요.
웃으며 마음열고 반겨주셔요.
이 세상 반가운 우리들 세상

산수유

지리산 구례 산수유 마을
철마다 꽃 대궐 '꽃마을'이라 했어.

산수유 다섯 그루면
아기 대학교를 보낸다는 보배의 나무
구름이 내려와 보살피고
바람이 달려와 익혀주는
산마을 산수유나무.

노란 산수유 꽃 피면
댕기머리 아가씨들
시집가는 날 손꼽아 기다렸어.

지리산 풍천 동 산수유마을.

고려산 진달래

단군왕검 강림했다는 마니산
철따라 등산길 함께 하다가
봄이면 찾는 고려산
흐드러진 진달래꽃이 대궐이다.

문둥이 꽃잎물고 숨어있다는
꽃길 언덕에는
바다를 숨차게 건너온 바람
쉬며 앉아있다.

가슴 앓는 연인도
꽃이 되어

바람이 되어
가슴에 향기안고 돌아오는 고려산

잊고 있던 옛 임 생각에
까마귀는 그림자만 찾아 울고 있다.

할미꽃

가을이면 시골집 마당에서
콩 꼬투리 따시던 할머니.
다리는 접혀 어깨위로 젖혀지고
일어나시려면
지팡이 잡고 땅을 짚고
마른장단지에 힘을 주셔야 했지.

철따라 콩을 삶아
청국장, 된장, 고추장 마루 끝에
그림자로 남던 할머니.

지금은 그리움만 남아
햇살 쏟아지는 양지쪽에 할미꽃으로 피어
개미들 노는 모습 지켜보시나.

모내기

길을 가다 모내기 하는 모습보고
문득 옛 생각 간절해
발 벗고 들어선 무논
흙살이 곱다.

'ㅡ모는 잘 심을까'
'ㅡ못줄은 잘 잡을까'
쟁기질하다 언덕에 쉬는 황소
물끄러미 나를 바라본다.

열 줄을 심었을까
굽은 허리 두드리다 나온 둑길에서
심겨진 모를 바라보았다.

알알이 익어 고개 숙일 벼
이렇게 농부의 수고로 시작된다.
하나님의 역사도
시작과 끝이 있지.

모든 것은 내가 하기 나름
믿음은 하늘의 역사를 쓰는 농사
우리가 가꾸어가야 할 농사.

창경궁 원앙가족

텃새가 되어버린 원앙
고목나무 등걸에 알 낳아
올해도 가족을 늘렸다.

금슬 좋아 아기들 모두
건강하게 예쁘게 키워 연못 안 대가족
구중궁궐 지키던 호위무사護衛武士들일까

그 시절의 영화
그림자만 일렁거리고
수라간의 칼도마 소리와 상궁나인의 발걸음
새벽을 알리는 징소리가 들려올 듯

근정전勤政殿 처마의 잡상들이
일제히 일어나 절을 한다.

창경궁에서

조선왕궁중에 가장 아름다웠다는 창경궁
일제는 우리 왕조문화 허물기 위해
이곳의 궁궐 허물고
동물원을 지었어.
그리고 백성들 보게 했지.

좋아라. 웃었을까?
가슴으로 울고 가슴을 쳤어.
6백년 사직을 이어온 현장이
무너지고 동물들의 오줌과 똥물로 더럽혀졌어.
왕실의 위엄
말살시키려는 일제의 흉계

바로 알아야지. 우리의 역사
다시 복원한 왕궁
다시 보고 생각해 봐
우리가 찾으려던 것이 무엇인지.

그 아름답던 고궁, 창경궁.

짝사랑

마음에 두고도
용기가 없어 말도 하지 못하고
얼굴만 붉히던 학교 가는 길

세라 복 입은 친구
혹시나 만날 수 있을까
길옆에 서 있다가 따라나서는
학교 가는 길.

어쩌다 눈길만 마주쳐도
가슴이 두근두근
잘못한 일도 없는데도
얼굴이 화끈화끈.

마주보고 걸을 때는
혹시 내 마음 들켰을까봐
발걸음도 조심조심.
손바닥에 땀도 났었어.

돼지감자

'–당뇨에 좋대요. 돼지감자'
'–비만에 참 좋대요.'
'–대장암에도 좋은 약이 된다내요.'

산과 들에 지천으로 자라던 돼지감자
멧돼지 배고픈 겨울
캐먹던 감자.

이제 약으로 음식으로
삶고, 굽고, 가루 내어 파는 식품
이 땅에서 나는 신토불이
뭐 하나 약이 아닌 것이 있을까

간사한 입방정소리 듣고
고질병을 키우는 사람만 많다.

소원의 탑

강원도 어느 강가
흩어져 있는 돌멩이 모아 지은 소원 탑
종교적 사유 아니더라도
마음 간절한 소망 탑

한 개 한 개
쌓아올리며
사랑 갈구하고 믿음 다짐하고
너와 나 한마음 확인하는 자리

물길에 무너질지라도
아름다운 세상 빛나는 삶
기도하며 쌓은 탑
설악의 바람이 지키고 있었어.

해군기지 부두에서

성인봉호 앞에 섰다.
얼마나 많은 시간 이 군함은 바다를 누볐을까
경비함警備艦 위에 서서
보훈 시편을 다시 읽는다.

진해 벚꽃 축제 기간 중에 열리는
호국보훈 시화전.
마음으로 적은 보훈報勳의 노래

한국전쟁의 포화 속에
변변한 무기武器조차 없던 우리나라
이제 고등훈련기와 잠수함潛水艦, 고속 함
미사일과 전투헬기까지 만들어내는 기술한국
자랑스러운 나라

보훈 시편을 읽으며
내가 살아온 자랑스러운 역사
부끄럽게 장식하지 말자 결심했지.

석촌 호수공원

도심의 힐링 숲 석촌 호수 공원
하루 22만7천여 명이 찾는 공원
롯데월드 놀이공원과 서울놀이마당
세계인이 알고 있나 봐.

'-사진 좀 보내 줘.'
'-호수 옆에 산책길도 있다지?'
'-비가와도 나무가 우거져 가랑비에는 옷이 젖지 않는다고?'

호수 옆에 살면서도
숲의 고마움 알지 못한 무지함
'－호수의 물빛과 숲의 푸르름 가슴이 확 터지는 느낌이에요.'
'－좋은 곳에 사시네요. 집사님!'

24시간 개방된 공원
석촌 호수 공원.
서울최고의 높이 롯데타워만큼이나
아름답다.

행운의 반지

큰아이가 생일날 선물한
행운의 반지
건강 지켜준다는 은반지.

이 작은 쇠붙이가
건강을 지켜준다면 뭘 못할까
부모 생각하는 아이의 큰마음
얼마나 대견한 일인가.

결혼반지는 가끔 빼놓아도
아이가 선물한 마음의 반지
잘 때도 목욕을 할 때도
꼭 끼고 보는
행운이 오지 않더라도
가슴이 벅차다.
사랑이 충만해 뜨겁다.

제2부

기도로 여는 아침

세례 받는 아기

강보襁褓에 쌓인 아기
둘러선 엄마아빠
할머니 할아버지 미소에 방글방글.
주님의 아들 되는 게
아가야, 그렇게도 좋으니?

축도하시는 목사님
얼굴에도 기쁨 가득
찬양대의 합창에 아기도 흥얼흥얼

하늘 푸른 일요일
아기는 마냥 좋아서 웃습니다.
세례 받던 날.

새벽기도

새벽3시 30분
아직 어스름 걷히지도 않았는데
바르게 앉아 가슴을 여미고
손을 모은다.

내가 한 일, 나만이 해야 할 일,
내가 행한 모든 일들
말과 행동 생각과 느낌까지도
잘못은 없었나.

내가 길가에 내려놓은 많은 발자국들
과오는 없었을까.
반성으로 시작하는 하루.
후회로 시작하는 하루

기도가 영혼 맑게 하는 양식이다.

일기예보

어쩌다 한두 번 맞지 않아도
부모님 생신날처럼
기억해야 하는 일기예보.

흐리고 개고 맑은 날 흐린 날
하늘의 마음
구름그림 살피다보면
영악한 인간의 마음
욕심 많은 세상 일 발견하지요.

조석으로 변하는 인간의 마음
변화무쌍한 날씨와 같은 마음
하나님은 마음의 풍경 그리며
주일마다 일러주시지.

'-너 회개할 일 있느냐?'
천둥소리 들릴 때마다
놀라는 것은 바로 이 때문 일거야.

산상기도

하늘 가까이 오른 인연 있어
홀로 무릎 꿇고
손 모은 어느 날.

산야에 펼쳐진 자연의 모습
영광스런 땅
이 땅을 창조하신
하나님 경배하는 마음
빛도 구름도 아름다운 세상

기도 올리고
다시 바라보는 세상
이처럼 아름다운 세상 다시 있을까

풍요로운 산과 들에
향기로운 맑은 바람.

오해

사소한 말 한마디 때문에
등지고 사는 친구
농담이 듣는 사람에겐
비수를 꽂는 아픔이 된 거지.

말로 풀 수 있다면
대화로 이해를 구할 수 있다면
세상 다시 얻을 수 있는데
원수의 마음
독사의 마음
가슴에 안고 어떻게 살지?

호스피스병동

죽음 앞둔 환자들
이승의 인연 안타까워 밤과 낮
하루가 벅찬 삶.

손과 발
물수건 따뜻이 적셔 닦아주고
지압 봉指壓棒으로
발바닥 종아리 허리와 어깨 주물러 드리다보면
나의 아픔도 잊고
즐거워하는 환우患友에게서 온기로 전해오는
마음을 느낀다.

가끔 내가 보살핀 환우 침상寢牀이 비면
눈 마주한 그날의 기억
혹시 떠나실 때
곁에 있어주길 바라지 않았을까

그런 날이면
흰 구름 피는 하늘가를 다시 본다.
'―거기 계시지요?'

치매 앓는 어르신

주일마다 요양병원에 봉사를 간다.
호스피스병동의 천사 방
무의탁 어른들이 계신 까치 방.

안마도 해 드리고
지압 봉으로 발바닥 발등 긁고 문지르다보면
이마에 땀이 송글송글.

'−선생님, 기다렸어요.'
'−또 올 거지요?'

가족은 아니지만
눈으로 약속하는 다음 날

따뜻한 물수건으로 씻기고
새로 준비해온 면양말 신겨 드리면
금방 단잠에 빠져드는 어르신들.

아기의 모습 천사의 모습.
마음 나눌 수 있는
힘이 있는 내가 고맙다.

나무가 되고 싶다

나무 옆에만 서면 평안하다
나무를 올려다보면
가슴 뿌듯하다

한자리에 우뚝 서
가지 손만 키우지만
날 저물면 어깨 새들에게 빌려주는
마음이 고맙다.

나무가 될 수 있다면
소나무나 느티나무가 좋겠지.
임종할 때 수목 장을 부탁하시는 집사님
'—늘 푸르게 서 있으니 좋을 거 같아요.'
느티나무 밑에
수목 장을 원하시는 장로님
'—여름이면 넓은 그늘 만들어 줄 수 있으니까'

죽어서도 이승의 인연
감사하게 나눠주려는 마음
그 마음 닮으려 나무를 우러러 본다.

장애우 돕기

선천적으로 장애를 안고 태어난 아이
육신의 장애가 있다고
마음까지 장애가 있는 것은 아니야.

얼굴이 일그러지고
손과 발 자유스럽지 않다고 해도
이웃 배려할 수 있는 마음
나무보다도 커.

귀 기우려 듣다보면
천사보다 아름다운 이야기
들을 수도 있지.

건널목 건너는 아이 손 잡아주고
전통보조기구 타는 아이
도로 턱 높지 않나 살펴주는 마음
함께 살아가는 세상에서는 필요해.

알잖아?
우리 모두는
하나님의 자식이니까.

하나님 보시기 좋아

하나님이 짓는 농사
언제나 풍년 농사
일한만큼만 주시지 않고
은혜마음까지도 담아 넘치게 주시지.

가을의 들녘을 보아도
작은 씨앗 한 개에 수백 개의 열매를
과일나무 한 그루에도
수백여 개의 열매를 맺게 하시잖아.

수해로 모든 것이 떠내려간
논과 밭에도
낙심하지 않고 일한만큼 나눠 주셔.
수수 알을 심어도
메밀을 심어도
가득가득 넘치게 주시지.

하나님 보시기 좋아
언제나 햇빛도 차랑차랑
들녘에 넘쳐흘러.

시골예배당

신도도 많지 않은 시골예배당
아침저녁 종만 치는
팔순의 종지기 할아버지.

새벽기도 오는 자매님들 없는 날에도
새벽마다
종을 울리는 시골예배당.

할아버지, 할아버지
팔순의 종지기 할아버지
종을 치다
앉은 채 돌아가신 종지기 할아버지.

떡 살구 한 봉지

'—길거리 음식 사지마세요.'
'—길거리에서 파는 옷가지 사지 마세요.'
'—과일도, 떡볶이도'

그럼 그 음식의 소재
하늘에서 내려왔나?

낯선 길가에서
숲속의 나무에서 익은 과일
흙탕물 속에서 자란
연근과 쌀

떡 살구도
소똥거름흙 냄새나는
언덕 밑에서 살구나무가 키웠다면
믿을 수 있겠니?

바닷가에서

바닷가 갯벌에도 삶이 있어.
고물고물
작은 조개에서부터 게와 속
갯벌에 구멍파고 사는 낙지도
소라게도 가족을 이뤄 살고 있지.

밀물과 썰물 오가며
발자국을 지우고
잘못 만든 구멍도 메워주고
서로가 은혜하며 사는 마을

바닷가 그 작은 해변에서
주님의 세상 보았다니까.

노숙자

벌거숭이 세상
이 땅에 태어날 때도 벌거숭이
갈 때도 벌거숭이
그래서 노숙자라 했지.

가지고 갈 곳이 없기에
나눔 사랑 실천하고
다음세상 위해 쌓아놓을 창고 없기에
아름다운 나눔이 있는 거야.

내가 가진 거
네게 필요한 것이라면
그래. 나누지 뭐.
하나님 사랑으로 만든 세상
우리 것이 아니잖아.

천둥벌거숭이로 이 풍진 세상
살아가는 기쁨
이것도 은혜요 축복이야.
나눠 봐. 나눌 수 있다는 사실만으로
기쁜 마음 얻을 수 있을 거야.

히로시마에서 온 아이들

서울의 한 초등학교와 자매결연 맺은
일본 히로시마의 어린이들
저녁비행기로 서울에 왔어.

창가에 비친
김포공항 주변 주택보고 놀랐대.
'－십자가十字架가 많아요.'
'－무덤 아니에요?'

다음날 하느님 말씀 전하는
교회라는 사실 알고
감격해 하는 아이들

'－언제나 달려가 기도할 수 있겠네요.'
'－언제나 달려가 목사님 만날 수 있겠네요.'
질문도 많았던 아이들

원폭原爆으로 잿더미가 되었던 도시
히로시마
기도의 의미 누구보다 잘 알고 있을 아이들
마음이 하늘이다.

사자死者의 자리

나고 늙고 병들어 죽는
생로병사生老病死의 진리
종교적 사유가 아니라
진실이다.

인간으로 이 땅에 낳아
흔적痕迹을 남기는 여러 가지 방법
눈감고 기도할 제
이 통과의례의 부끄러움
70의 나이에 들어서야 깨닫게 되다니.

죽은 자리에 피어날
쑥부쟁이와 갈꽃 한 송이 피우는 자양분
내 입으로 쏟아낸 수많은 사유
바람이 되어
쑥부쟁이 피어난 사자死者의 자리에 돌아와
뚝뚝 이슬로 흙살을 적셔도
난 울지 않을 것이다.

겨울산

하나님 창조하신 세상
겨울 만드시고
얼마나 즐거우셨을까

수고스럽게 그늘 만들던 나무
잎 지게하고
'—긴 잠 자거라.'

농사일로 수고한 자
'−등 펴고 쉬어라.'
추위 몰고 와 눕게 하시고

산야에 백설 날려
순백의 세상 만드시고
주 찬양의 소리 높게 만드신 하나님
바람도 기뻐 노래합니다.

이산가족상봉 행사를 보며

한국전쟁으로 남북이 분단分斷된 지
어언 60여년
반세기가 넘어 세월을 건너
강산도 변한다는 10여년이 몇 번이나 흘렀다.

전쟁으로 헤어진 가족
다시 볼 수 있을까?
다시 모여 함께 살 수는 없을까?

고령의 부모
남과 북 형제들이 같이 모시고
살게 할 수는 없을까?

정치적 이념을 떠나 상생의 마당
우리는 한겨레가 아닌가?
희망의 다리를 놓고
헤어진 가족 상봉의 기쁨
바로 21세기를 사는 우리의 할 일.

제3부

거울 앞에 서면

거울 앞에서

거울 앞에 서면
내 모습 자신이 없다.

당당하고 의젓하고 단정한 모습
간 곳이 없고
일상의 근심과 걱정 한 몸에 안은
추녀위에 잡상雜像의 얼굴이다.

초연한 모습은 없고
옷으로만 치장하는 내 민모습
거울이 그린 자화상自畵像을 보며
반성하고 후회하고
날마다 가슴으로 회개悔改의 일기를 쓴다.

거울 앞에서
한없이 초라해지는 자화상
내 영혼靈魂의 그림자

산나리 꽃

남도의 명소 고창 선운사
늦은 봄이면 산길언덕에
산나리가 지천으로 피어난다.

꽃이 좋아 산을 찾은 산사람들
그늘에 자란

산나리 꽃에 취해
나비처럼 숲 그늘을 안고 졸고 있다.

칠성장어 거슬러 오르던 갯가에는
청량한 물소리
고향이 아니라도 생각나는 꽃 핀 그 언덕

잠자리

네가 무서워 내가 도망갈 거 같니
콩잎 깻잎 좀 안고 쉬었기로서니
나를 쫓아낼 거야?

빙글빙글 돌아도 걱정 안 해
이 콩밭 저 고추밭이
모두 네 것이냐고?

햇살에 익어
네 꽁지가 익는다니까.

오동나무 옷장

어머니 딸 낳으시던 날
마당가에 심은 오동나무 두 그루.
아버지는 그 나무 베어
단단한 옷장을 만드시게 했지.

좀이 슬지 않고 옻칠이 예쁜 장
향 짙은 옷장
지금은 내가 입고 갈 수의 안고 있지.

지인들과 자매들
고급티크장이나 원 목장 사준다 해도
아버지 손길 남은 오동나무 옷장

자식 품에 안았던 아버지의 사랑
어찌 버릴 수 있을까
옷 방 가운데 떡 앉아 졸고 있는
환갑나이가 가까운 옷장.

백합 한 송이

뜰 앞에 심은 백합
꽃 피던 날
친구를 찾아간다.

지난 봄 새로 덖은
녹차 한 줌 나눠들고
병마를 이기고 산자락에 얹혀사는
친구를 찾아간다.

그리움이 아니라도
마음으로 이어지는 길
백합 한 송이 꺾어들고
친구를 찾아간다.

만남이 그저 즐겁고
손잡으니 기쁜 해질녘의 여유
함께 누리는 햇살
얼마나 맛있는 지 알아?

빅토리아 연꽃

누가 앉을 방석이야
연못에 띄워놓은 푸른 방석.

잠자리가 묻다가고
청개구리 먼저 와
쿵쿵 발도 굴러보고
물총새도 쉬다가
갸웃갸웃 찾아올 손님을 가다리네.

둥글둥글 연잎방석
밤에는 별님도 내려와 앉고
달님도 찾아와 앉아보고
생일잔치를 여나?
청둥오리 엄마, 아기들 데리고 찾아왔다
개구리 밥풀만 물고 그냥 가네.

유월의 장미

동작동 국립묘지 돌아오는 길목
까치소리 목쉰 언덕
붉은 장미 넝쿨 흐드러지게 피었다.

전우여
이제 편히 잠들어라.
핏빛 물든 능선에서 어머니 찾던 전우여
뼈 이제야 갈무리하여
이 안식의 언덕에 묻으니
전우여, 이제 평안하시라.

붉은 장미 한 송이 놓고
이름 아련한 내 친구
마음으로 불러보는 부대가.

전선의 포성은 멎고
산야에는 뱀딸기도 붉게 달렸구나.

전우여
그대가 사수한 전선으로
이제 영광과 수성의 조국 여기 있으니
장미로 피어 웃으시라.

무궁화

젊은 시절 교직에 몸담았을 때
사택 옆에 심었던 무궁화.

이듬해 학교 울타리에 옮겨 심고
여름한철 어린이들과
퇴비 만들어 키우던 울타리 나무

가끔 길을 가다 학교주변에
활짝 핀 무궁화 볼 때마다
'−나라사랑하는 마음 표현 해보라' 던
은사선생님 생각에
홍 단심 백단 심, 피고 지는
무궁화 다시 본다.

나라꽃이라고 정하지도 않고
겨레의 꽃이라고
사랑하며 아끼는 나무
무궁화.

부소산에 오르면

백제의 옛 영화 간직한 부여 부소산
이 산정을 오르면
길가에 남아 서성대던 바람이 반긴다.

소정방의 말울음
김유신의 호령소리
계백장군 결사대의 진군나팔소리

어디가 백제성의 자리일까
3천 궁녀 꽃처럼 떨어진 낙화암에는
빈 정자만 자리를 지키고
하얀 비늘처럼 반짝이는
백마강의 물길만 눈부시다.

세월 더 흐르면 잊힐까
한성백제漢城百濟의 역사
후백제의 찬란한 역사
능산리 고분古墳 속에 임금님 소리치며 일어날까

아파트 건축을 위해
기중기起重機를 박은 시내의 정경이
가슴에 말뚝을 박는다.

김삿갓 유적지에서

조상을 능멸한 죄
알고서 어찌 하늘을 볼 수 있으랴.

보장된 벼슬길 마다하고
삿갓 눌러쓰고
풍천노숙風川露宿하며
세상을 비웃던 난고 김병연

그의 무덤 앞에 서서
자유롭게 살다간 하늘을 바라본다.

동강의 푸름 그대로고
세월 낚던 나루터 그대로인데
풍자시로 시절인연 노래하던 자취
그림자만 아득하다.

동구릉에서

조선왕조를 만든 이성계李成桂의 무덤
갈대꽃 무성한 왕릉
바로 건원릉.

자식들의 골육상쟁骨肉相爭
얼마나 가슴 아팠을까?
하늘 부끄러워 고향 땅의 갈대
봉분封墳 위에 심으라는 유언遺言.

아비의 마음
자식들이 얼마나 살폈을까
무심히 흐르는 구름만
오늘도 한가롭다.

정읍

백제의 옛 땅 정읍
아직도 선비문화 고스란히 남은 예향의 도시요
마음의 고향이다.

정갈한 전통음식은 남도의 자랑
팔작지붕 마루에는
가야금 가락이 흘러내리지.

고대 일본에 전한 찬란한 도자 문화와
불교식 예절문화
정읍사라는 고대가요도 유명해.

옛 이야기 서리고 얽힌
골짜기 마다
순박한 인정 넘치고
이웃사랑 너도나도
예전에도 거지가 없었다는 말
들어보았어?

나그네쥐

함께 모여 사랑 나누며 살다가
아이들에게 마을 남겨주고
또다른 마을 만들어 사는 나그네 쥐

이사를 다니며 고향을 만들고
다시 고향을 만들어 가는
나그네 쥐.

가뭄이 들거나
흉작으로 먹이 적어지면
스스로 물에 뛰어들어 죽는 이타 행
누가 그런 의식을 가르쳤을까

바람가면 푸른 하늘
역사는 시대를 살다 간 사람이 쓰는 생활기록
종교적 신앙심을 갖지 않고도
이타 행을 사는 삶
우리가 배워야 할 삶이다.

화천 자수정 광산

공깃돌 가지고 놀던 여동생들
바닷가 예쁜 조개껍질 주어다 주면
그렇게 기뻐했었지.

자주 빛 수정 돌 마음 것 가지면
얼마나 좋아할까?
우연히 소유하게 된 자수정 광산

생산량이 많지 않아도
욕심으로 시작하지 않은 광산
마음 여린 동생 광산 잘 지킬 까
비록 내어주지 않아도
마음만 풍성한 산기슭의 채광 터.

한마음 간절하면
하나님 넉넉하게 내어주실 것이다.

징검돌

누군가
이 징검돌 밟고
건너길 바라며 놓은 돌

길가에 놓인 쓸모없는 돌이라도
이렇게 물속에 놓여
은혜를 베푼다.

내가 살아온 길 되돌아보며
남을 위해 징검돌 되어 본 적 있을까
하늘을 이고 살면서
뉘우침과 회개의 눈물 쌓을 때
그제야 높은 하늘 낮아지겠지.

붉나무

우리 몸 지키는 나무
약이 되는 나무

옻나무, 황칠나무, 뽕나무,
오가피나무, 자작나무, 벌 나무, 붉나무
이름도 수백 가지.
잘만 쓰면 내 몸 지키는 약나무.

술 담배로 허물어진 몸
과로로 망가진 육신
자연은 신기하기도 하지
치료할 수 있는 약을 줘.

내 몸을 살리는 나무
고마움 모르고 과용過用하고
욕심이 과하다보면
모든 자유 빼앗는다는 사실
흠, 알까 몰라.

학교세운 아버지

시골동네 중학교도 없던 면사무소
아버지는 사재를 털어
중학교를 세우셨지.

'−누군가는 해야 할 일
배운 사람이 해야 되지 않겠냐?'

학교를 졸업하고
아버지가 세운 학교에 부임했어도
사학에 대한 정열
아버지가 행동으로 가르치신
교육에 대한 열정도 갖지 못했던 청년.

결혼하고서야
객기와 치기 버릴 수 있었고
아들과 딸 낳고서야
가정의 소중함 가문의 명예
비로소 생각할 수 있었지.

학교는 새로 지어 문패門牌 바꿔 달았지만
아버지 이름으로 남은 작은 공덕비
아버지는 마음으로 남았다.

상촌 김자수 선생

경주김씨 김자수공파 문중
경기도 오포 읍 신현리에 비각과 묘원이 있다.

고려 왕조의 충신
공민왕 23년에 급제하여
고려 말까지 활약한 충신.

조선건국 개국공신 제의 마다하고
왕조의 의리 지킨 선비
정몽주 묘원이 보이는 언덕아래 태재고개에서
자결로 불의에 항거했다.

'묘비 새우지 말라'
유지 받들어 눕혀놓은 선생의 묘비
강직한 성품, 곧은 기개
이 시대를 사는 젊은이의 표상이다.

전통한복

모시로 지은 전통한복
처음에는 거추장스럽다가도
입다보면 정이 가는 옷.

마른 사람도
몸 넉넉한 사람도
풍요롭고 넉넉하게 보여주는 옷
두루마기만 걸치면
언제나 나들이옷이 되는 한복.

설빔으로 얻어 입고
동생들과 내려 입던 옷
무명옷에서 옥색의 무늬 옷까지
갓 쓰고 나서면
학 닮은 사위 같다고 했지.

이제는 제사지내는 마당에서나 볼까
그래서는 안 되는데
남자들의 전통 옷 시장이 사라질 듯싶다.

제4부

자화상을 그리며

참새

가을걷이 말리는 마당가에
모여든 참새들.
'─저 녀석들이 얼마나 먹을까 쫓지 마라.'
마음 넉넉한 농부아저씨.

참새들이 그 말 들었을까
포로롱 날아갔다가
친구들 데리고 온 녀석들.

고랑 냄새 나는 발로
가을걷이 멍석을 헤집는다.

매미

무엇이 서러워 저리 우나
초하루 보름 기제사도 지났을 터인데
친구가 세상을 떠났어도 그렇지
이제 울지 마.

어머니제사 아버지제사
조부모祖父母 선대 조상어른 제사
한꺼번에 지내도 그렇지.
소리쳐 울지 말고
그냥 기도로 소망해 봐.

하나님 보시는데 잘 계실 텐데
매미야,

슬피 우는 매미야.
운다고 부모님, 네 자매가 살아오시겠니?

네가 울 때마다
나뭇잎 푸른 물 뚝뚝 떨어져
가슴이 퍼렇게 물이 드는구나.

석류

남몰래 그대 사랑한다고
담장 곁에 서서
얼마나 서성거렸을까?

말할까 말까
오늘도 마음 보여줄 수 없어
빨갛게 달아오른 내 얼굴.

노랗게 익은 가을빛에
가슴으로 익힌 보석씨앗
보여주고 말았네.

서리꽃

바람이 뼈를 남겼다
하얀 서리꽃.

긴 여름 살다간 바람의 무덤을
풀무더기위에 만들고
맑은 햇살만을 골라
풍장風葬을 준비한다.

간밤의 서러운 이별은
별빛으로 세우고
달빛으로 지키고

햇빛 찬란한 아침
눈물고인 풀잎들이
눈물 닦으며 하나 둘 고개를 든다.

농부의 마음

긴 겨울 나는 새들 생각에
처마 밑 지게위에 갈무리한
수수 대와 차조 몇 모가지

까치와 비둘기가 찾아와 쪼다 가고
참새와 콩새까지 달려와
주린 배 달래고 가네.

방문 열 때도 조심조심
대문을 열 때도 조심조심
차조 몇 알 수수 알 몇 개
나눠 먹으면서도 무서워 가슴 졸이는 녀석들
농부는 멀리서 이들을 지켜보며
하늘을 지켜 봐.

'—이제 눈이 그쳐야 할 텐데.'

재활용품

빈병, 쇠붙이, 종이박스 모으는 일
그냥 할머니들 하는 일인 줄 알았지.
소일거리로 말이야.

하루 1만원 남짓
우리용돈도 안 되는 일당벌이
그 일로
몇 식구의 생계가 이어져 있다면
너 어떻게 도울 수 있니?

빈병 하나, 캔 하나라도 모아 봐
주변 돌아보면 발견할거야.
빈 수레 밀고 가는 노인들, 드리고 싶을 걸.

참사랑은 무엇일까
가슴으로 돕는 작은 실천이 필요하지
길가에 나뒹구는
쇠붙이 하나라도 자원이야.
모으면 도시의 광산 별거 아니야.
우리가 할 수 있다니까.

고랭지 배추밭

풍력발전기 윙―잉
바람 막아선 산정山頂 아래
산림의 골수骨髓를 빨아 만든 배추밭
흙의 뼈를 받아 몸 키우고
산의 정기를 받아 빛 푸르구나.

부모로부터 몸 받아 이승에 던져진 몸
우주의 씨앗 하나
나도 너도 함께 사는 모두가
하늘 바꿀 수는 없지.

물속에 던져진 조약돌 하나도
허공虛空을 나는 새도
놓일 자리, 날아야 할 아침
그것은 하루의 역사.

문득 다윗이 살던 하늘 생각난다.
나의 존재 하찮은 것이지만
인연을 지어
다시 흙의 골수로 돌아갈 새벽을 기다린다.

나무의 발

흙 묻은 시린 발 동동거리다가
노을 물든 나뭇잎 떨어트려
언 발을 덮는 나무.

봄부터 여름내 만든 나뭇잎
버릴 것이면
그 수고 왜 했을까

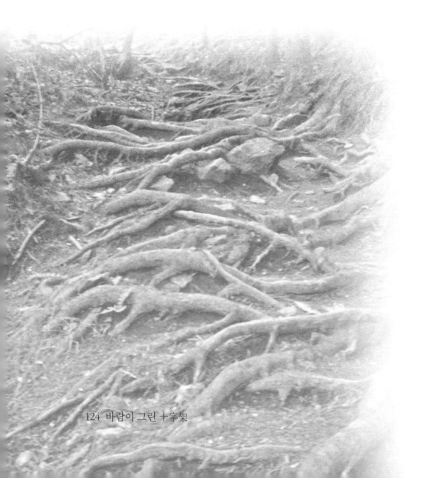

바람이 다가와 시린 이야기
들려주다가
까치발에 잡혀 동동 떠는 가을아침

우리 인생 부질없는 나날
내려놓고 우는 일은 없었을까

붉게 물든 단풍얼굴에
관을 덮고 못질하는 염습 사 얼굴 새겨져 있다.

내 몸 사용설명서

건강진단을 하면서 받은 진단서 몇 장
내 몸 사용설명서
고장 난 곳 수리해야 할 부분
붉은 색 글씨로 촘촘촘.

간기능검사
폐활량, 신장의 기능, 심전도 검사
하수도 기능은 어떤가요?
오물이 많이 쌓여 배출이 원활하지 않나요?

엑스레이로 찍어보고
청진기聽診器로 들어보고
불어라. 뱉어라. 누워라.
점검한 뒤에 내놓는 진단서 한 장.

'－이제 건강 지켜야 할 때입니다.'
수십여 년을 굴려온 자동차
고장 날 만 때도 되었지.

원두막

유년 시절의 꿈에 자리한 원두막
네다리 네 쪽 문
참외오이 수박 먹지 않아도
배가 부른 원두막 풍경

꿈을 꾸면 언제나
수박서리 온 친구들과 놀던 원두막
갈 수 없는 그날의 저녁.

꿈을 꿀 수 있어 좋다.
이승에 안 계신 늙은 아버지와 철부지 친구들
만날 수 있어 좋다.

그 싱그러운 여름풍경
꿈에서만 그리는 화사한 정물
고향 텃밭의 원두막.

박물관이 된 고지

옮길 수도 없고
옮겨서도 안 되는
영혼 깃든 화석박물관

열흘간의 치열한 전투
고지의 주인 24번이나 바뀌었어.
아군 제9사단 장병 3,400여명은
1만 4천여 명의 적과 죽기를 한하여 싸웠지.
고지의 주인이 된 거야.

그 치열한 전투 속에 철원평야鐵原平野 지켜냈고,
강원연천의 절경
설악의 절경도 되찾았지.
고지정상에 태극기 꽂던 날
승리의 함성 함께 외칠 전우들은 어디 갔을까?

고지는 작렬炸裂하는 포탄에
나무키만큼이나 낮아지고
바위는 쪼개져 흙먼지가 되어
전우들의 살과 뼈를 묻었어.
통곡하는 바람소리도 묻었다니까.

그날의 영혼이 쉬는 저 395 백마고지
전장의 역사 숨 쉬는 살아있는
영혼의 화석박물관.

✳ 2015 호국보훈시화전 참가 작품

우리는 나무와 풀이 되고

아들아!
새벽을 여는 해가 밝았구나.
고지에는 밤새 소쩍새 울다 가고
이슬 마른자리에는 흩어진 살과
옹골찬 뼈가 모습을 바꾼 풀과 나무들.

아들아! 아느냐?
중공군 1개 군단 1만 4천명과
아군 9사단에 대적하여 싸운 백마고지를.

우리는 조국의 부름 앞에
싸워 이겨야만 한다는 결의로
이 땅을 지키기 위해 초개와 같이 목숨을 버렸다.

이제 우리는 계곡의 풀 한포기
욱어진 숲으로 서서 자랑스러운 하늘을 본다.
내가 지켜낸 이 고지, 이 철원평야
아들아! 잊지 마라. 방심하지 마라
전쟁에서 2등은 없단다.

우리의 외침이 바람이 되고
사기충천한 기개는 푸른 소나무 되어
통일이 될 그날까지 이 고지 어찌 떠날 수 있겠느냐?
아들아! 깨어있어라.
하늘 푸른 그날까지.

청소년예술제를 보고

청소년들의 예능 실기 겨루는 대회
청소년문화예술제
부끄러움이 없고
자기만의 도전의지 새롭다.
젊음의 끼를 확인하는 자리.

배우가 되어보고
문사도 되어보고
화가도 되어 자기 솜씨 뽐내는 자리
성균관 큰 마당에 모인 눈빛 푸른 학생들
내일의 동량이다.

미래에 대한 가능성
동아리 친구들과 출전한 풍물패와 북춤
소고놀이, 지전놀이 민속놀이 소재들
실수하고 부끄러워도
재미있게 유쾌하게 노는 모습이 좋다.

* 2015대한민국 청소년예술제를 보고

은행나무

가로 길에 서서
길만 지키는 줄 알았는데
자식농사도 잘 지었구나.

바람 불때마다
후-두둑 털어내려도
품에 안은 자식들도 만만치 않아.

장수의 상징 은행나무
천 살을 살고도 늠름한 나무.

마을의 상징, 사찰의 상징
비밀스런 이야기 듣고 자란 나무
영험이 있어 소원나무로 알려진 나무

이제 길가 가로에 서서
달려가는 차도 살피고
오가는 사람 마음도 읽고

가슴으로 알알이 키운 은행 알
올 가을에도 풍성하고 넉넉한 마음.
고향의 어머니 마음이야.

은행을 털며

텃밭에 자란 은행나무
혼자서도
굵은 은행 알 잘도 길렀다.

우리 집에 살다 이사한
오촌 당숙이 심었나.
꼴머슴 윤재가 옮겨다 심었나.

해거리도 없이
한 자루 두 자루 올해는 다섯 자루
나이 값 톡톡히 하는데
고시 공부하는 상만이는
하얀 머리만 더 심어 놨다.

영지버섯

나무에게는
내 몸을 파먹는 암 덩어리
사람에는 병소病巢를 치료하는 치료약제

가지에도, 뿌리에도, 몸통에도
부채 살처럼 키워놓고
영지버섯 먹은 사람 마음 헤아리지.

'─가난한 사람 빛이 되게 해 주었으면.'
'─은혜를 아는 사람이었으면.'
'─가슴이 뜨거운 사람이었으면.'

지리산 천왕봉 아래
목쉰 까마귀 한 마리
새벽부터 울고 있다.

눈 길

누가 이 새벽에 밟고 갔을까
하얀 눈길.

길은 길로 이어져
이제는 눈으로 감추어진 길

'—길을 찾아라.'

새들도 호들갑을 떨고
마을 강아지도
친구 따라 짖는데
발자국이 눈길을 만들며 갔다.

황태덕장에서

망망대해를 힘차게 누비던 명태
말린 고기를 북어라고 했지.
풍요와 다산을 상징해서
전통혼례 때는 빠질 수 없는 고기.

'─눈을 밝게 해주어 명태라고 했다네.'

이름도 여러 가지
바다에서 건져 올린 싱싱한 것은 생태
얼린 것은 동태
얼렸다가 말린 것은 황태
그냥 햇살에 말린 것은 북어
내장과 아가미를 뺀 것은 코 다리
검게 말린 것은 흑태라고 불렀어.

겨울철 덕장에서 말린 황태
국민의 먹을거리
산길 언덕 대관령 고갯길에서
구수한 맛을 익힌다.

바람이 그린 十字架

초판인쇄 · 2015년 11월 2일
초판발행 · 2015년 11월 10일

지은이 | 한치종
펴낸이 | 서영애
펴낸곳 | 대양미디어

출판등록 2004년 11월 제 2-4058호
100-015 서울시 중구 충무로5가 8-5 삼인빌딩 303호
전화 | (02) 2276-0078
팩스 | (02) 2267-7888

ISBN 978-89-92290-89-0 03810
값 13,000원

이 도서의 국립중앙도서관 출판예정도서목록(CIP)은 서지정보유통지원시스템 홈페이지
(http://seoji.nl.go.kr)와 국가자료공동목록시스템(http://www.nl.go.kr/kolisnet)에서
이용하실 수 있습니다.(CIP제어번호 : CIP2015028795)